AF330824

ELPENOR,

CONTE PHRYGIEN,

SUIVI DE POÉSIES FUGITIVES.

Par L. CHIRON,
Membre de plusieurs Académies.

Nec tædia cœpti
Ulla mei capiam , dùm spiritus iste
Manebit.
(OVIDE , liv. 9 des Mét.)

AU MANS;
Imprimerie de FLEURIOT , rue Royale , N.º 26.

AN 1822.

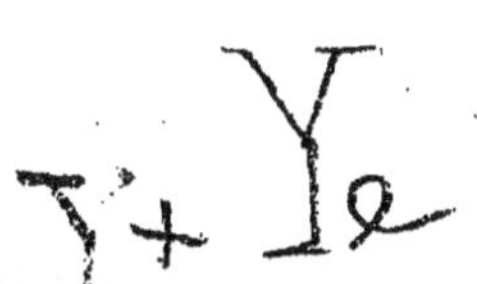

A M. DUPUY DE PARNAY.

MONSIEUR ET AMI ;

Je voudrais que ce présent fût plus digne de l'amitié que vous me témoignez, mais du moins c'est un don du cœur. Une morale douce, exprimée sans prétention, et telle que vous l'aimez, vous fera peut-être chérir mon Elpenor. Je me flatte que y trouverez de la clarté et quelque naturel. Puissent ces qualités, qui commencent à devenir rares, vous faire pardonner à la faiblesse de l'écrivain !

Vous devez du moins, Monsieur, être sûr de l'affection

De votre respectueux et dévoué

L. CHIRON.

ELPENOR,

CONTE PHRYGIEN.

Malgré l'éclat de la grandeur suprême,
Souvent un front que ceint le diadême,
Brillant du feu de ses mille rubis,
Se ride encor sous la main des ennuis :
Dans leurs palais les plus brillans monarques
Restent soumis aux chagrins, comme aux Parques.

Un roi jadis subit ce joug de fer :
Nymphe riante et chère à Jupiter,
Douce Gaîté, déité salutaire,
Toi, qu'il créa pour consoler la terre,
Toi, qui, chassant les projets, les désirs,
Dans le présent sais trouver tes plaisirs ;
Lorsque chacun, complaisante déesse,
Te voit du chaume égayer la bassesse,
Puis aux bons jours, sous l'ormeau villageois,
Régler la danse aux accords de ta voix,
De son palais tu dédaignes la porte :
Jamais les ris qui te servent d'escorte,
Libres enfans, nés des joyeux propos,
N'ont d'Elpenor amusé le repos.

De quoi lui sert le trône de Phrygie,
Prison pompeuse où s'écoule sa vie ?
Un dieu chagrin, accablant, accablé,
De cent vapeurs sans cesse travaillé,
Traînant, le jour, traînant, la nuit entière,
Le lourd fardeau de n'avoir rien à faire ;
Enfin l'Ennui, dieu stupide, indolent,
Courbe ce roi sous son sceptre pesant.

Pour l'éviter, c'est en vain qu'il voyage ;
Partout le dieu l'attendait au passage.
A ses regards froidement dédaigneux,
Les Grecs polis, les Scythes courageux,
Offrent en vain l'agréable contraste
De la nature, des arts et de leur faste ;
Et les leçons des sages de Memphis,
L'aspect riant des rives du Bétis,
Rien ne l'arrête : il revient au plus vite,
Triste, ennuyé, s'ennuyer en son gîte.
Il languissait, et pour le secourir,
A d'autres soins il fallut recourir.
On sait qu'il est dans l'île de Cythère
Deux vieux enfans qui chacun ont leur mère ;
Que ces enfans font peur à la raison,
Qu'ils sont charmans, et qu'Amour est leur nom.

L'aîné des deux n'est qu'oiseau de passage ;
Vif, étourdi, capricieux, volage,
A la beauté conduit par le désir,
Il ne sait rien, ne veut rien que jouir ;

Mais le plaisir le rendant infidèle,
Bientôt il dort sur le sein de sa belle,
Puis en bâillant il lui fait ses adieux,
Et vole ailleurs dans l'espoir d'être mieux.
Fils de Vénus qui s'éleva de l'onde,
Pour son partage il a reçu le monde ;
Mais son carquois aurait peu de succès,
Si l'autre Amour n'en aiguisait les traits,
Né dans les cieux de Vénus-Uranie,
Plein de malice et surtout de génie.

    Elpenor, jeune, égaré par les sens,
A cet Amour offrit un peu d'encens ;
Puis tout honteux de sa facile gloire,
En triomphant gémit de sa victoire.
Cet autre enfant sans doute a plus d'esprit ;
Son regard charme et son parler séduit ;
Mais de son œil redoutez les caresses ;
Il promet tout, mais craignez ses promesses.
Ses traits aigus, trempés dans le poison,
Vont jusqu'au cœur égarer la raison ;
Elle s'enfuit, le bonheur avec elle :
Presque toujours la blesssure est mortelle.
Des visions vous bercent tour à tour ;
A ses autels on bénit cet Amour,
On le rejète, on l'appèle, on l'outrage :
L'enfant pervers sourit à son ouvrage.
Nuits sans repos, jours donnés au chagrin,
Paix d'un instant, puis querelles sans fin,
Injuste crainte et folle confiance,

Le désespoir qui cède à l'espérance,
Tels sont les dons de ce cruel enfant.
« On souffre trop, dit le prince, en aimant,
» Mourons plutôt de l'ennui qui m'obsède :
» Ce mal est doux quand on pense au remède.
« Par quel démon vos jours sont-ils flétris,
» Reprit alors un de ses favoris ?
» Quel dieu jaloux en a mêlé la trame ?
» Les doux plaisirs d'une amoureuse flamme,
» De votre cour les hommages flatteurs,
» Quoi, rien ne peut dissiper ces langueurs ?
» Vous succombez à ce poison funeste,
» Qui de vos jours va dévorer le reste ?
» Cherchons encore. Un de mes vieux amis,
» Docte enchanteur que j'ai connu jadis,
» Dans vos états a fixé sa demeure.
» Chez lui, seigneur, rendons-nous tout à l'heure;
» J'ai ce pouvoir, et mille esprits follets
» A m'y porter se trouvent toujours prêts :
» Peut-être au sein de la nécromancie,
» Trouverons-nous de quoi charmer la vie. »

De ce projet le monarque est charmé :
Son teint plus vif, son air plus animé,
Font déjà croire à l'effet des prestiges :
« Courons, dit-il, au pays des prodiges. »
Un char volant s'abaisse devant eux,
A l'instant même ils y montent tous deux;
De noirs griffons planant dans l'étendue,
Les font bientôt disparaître à la vue.

Ce char descend sous de riches lambris,
Où l'enchanteur frappe Elpenor surpris.
La vie en fleur brille sur son visage :
Contre le tems assurant son ouvrage,
Et de sa faux bravant le vain affront,
Elle a fixé le printems vagabond.
« Que les secrets de ma docte retraite
» Rendent, ô roi, votre âme satisfaite ;
» Bien loin de vous écartons les ennuis,
» Par l'ignorance enfans souvent nourris.
» Venez, seigneur, et que d'illustres fêtes
» De la science annoncent les conquêtes :
» Mille sujets vont sortir de ces bois,
» Pour vous servir enfantés par ma voix. »

Firnaz a dit. Son air devient farouche ;
Des mots sacrés échappent de sa bouche ;
De sa baguette il a soudain frappé
Un oranger qui s'incline effrayé.
L'arbre se fend. Une nymphe charmante,
Ouvrant l'écorce, aussitôt se présente.
Ses cheveux blonds que des fleurs couronnaient,
En longs anneaux sur son sein retombaient ;
Sa robe errait au gré d'un doux zéphyre,
Ses doigts légers voltigeaient sur la lyre ;
De neuf beautés l'heureux groupe la suit :
La lune alors, maîtresse de la nuit,
Versant les flots de sa douce lumière,
Sur l'univers poursuivait sa carrière.

Avez-vous vu , balancés par les vents ,
D'un saule épais les rameaux oscillans ,
Sur le terrain qui la retrace à peine ,
De leurs sommets jeter l'ombre incertaine ?
Ainsi le chœur , comme l'ombre , léger ,
Sur le terrain paraissait voltiger.

De l'oranger cette nymphe sortie
S'avance alors ; de ses accents ravie ,
Euterpe même avouerait ses concerts.
Ma muse à peine ose imiter ses vers :
« Le grand Firnaz a créé cet asyle ,
» Et ces gazons , et ce jardin tranquille.
» Sujets heureux , célébrons notre roi.
» Noble Firnaz , nous vivons sous ta loi.
» Vous le voyez. Tout sourit à son maître ,
» Tout à sa voix s'empresse de renaître ;
» Poussant dans l'air un nuage d'odeurs ,
» Larcins légers qu'il enlève des fleurs ,
» Zéphyre accourt parfumer la contrée ,
» A nos plaisirs par ses soins consacrée.
» Son aile brille et d'argent et d'azur ,
» Le plus beau ciel offre un éclat moins pur ;
» Dansons : et toi , folâtre Alcimadure ,
» Garde-toi bien de rompre la mesure ,
» Car trop souvent tu nous fais de ces tours.
» Un soir d'été , je m'en souviens toujours ,
» Tu la rompis dans ton humeur volage ,
» Un ris moqueur sortit de ce bocage ,
» Et tout honteux notre chœur s'enfuyait.

» Mes sœurs, sans doute un Faune nous voyait. »
Elle se tait. « Nymphe de ce bocage,
» Enchanteresse, acceptez mon hommage,
» Pour cet anneau, donnez la simple fleur
» Qui de sa tige a pressé votre cœur. »
Elpenor dit, et sa main téméraire
Prend le jasmin du sein de la bergère :
Mais, ô prodige horrible, inattendu !
Le tonnerre gronde, et tout a disparu ;
On voit, au lieu de l'aimable verdure,
Un sol aride, effroi de la nature ;
Cet oranger, jadis si parfumé,
N'est plus qu'on tronc par le tems consumé ;
Ce grand palais, digne orgueil de la plaine,
N'est plus qu'un roc où l'herbe croît à peine ;
De cette belle à l'œil vif, au teint frais,
Des rides ont remplacé les attraits ;
Vieilles formaient ces nymphes tutélaires,
De ce bosquet ornemens séculaires.
Tel fut l'arrêt d'un bizarre destin :
Ces lieux charmans dépendaient d'un jasmin :
A la beauté cette tige ravie,
Devait détruire une douce magie,
Science vaine, art frivole et menteur,
Tout avait fui, tout, même l'enchanteur.
Au prince alors un vieillard se présente,
Aux cheveux blancs, à la barbe flottante,
Il s'avança. La lune en son croissant
Donnait à plein sur le roc menaçant.

« Bons voyageurs, par cette nuit obscure,
» Tous deux peut-être errez à l'aventure.
» Dans ce désert peu connu d'alentour,
» Un guide sûr aurait besoin du jour ;
» Demain bientôt, ouvrant votre paupière,
» Le blond Phébus donnera sa lumière ;
» Mais jusques-là je vous offre un abri.
» Si Jupiter à mes vœux a souri,
» Vous y viendrez ; cet asile est modeste,
» Mais je le tiens de la bonté céleste ;
» Il peut encor vous loger tous les deux :
» En l'acceptant, vous me rendrez heureux. »
On le suivit. L'agréable murmure
D'un clair ruisseau, coulant sur la verdure,
Se fit entendre à nos deux voyageurs.
« Vous écoutez ces sons doux et flatteurs,
» Soupirs charmans d'une source voisine,
» A flots d'argent tombant de la colline,
» Dans un bassin que mes mains ont creusé :
» Souvent auprès je me suis reposé ;
» Dit le vieillard. » On aperçoit un antre :
Le prince arrête et le solitaire entre ;
« O voyageurs, les Lares de ces lieux
» Sauront, dit-il, vous protéger tous deux.
» Le feu caché sous la cendre brûlante
» Vient de monter en flamme pétillante,
» Et sa lumière éclaire ce réduit. »
Il disparaît, le monarque le suit.
Simple séjour, grotte aimable et tranquille !

L'or n'avait point enrichi cet asile ;
Sur ce roc nud, dépourvu de tableaux,
Un lierre antique étendait ses rameaux ;
Pour tout fauteuil, présent de la nature,
Croissait un banc de mousse et de verdure :
Un sable fin, utile à la santé,
Du sol trop frais chassait l'humidité.

   « Tel est l'endroit, reprit l'anachorète,
» Où dès long-temps j'ai fixé ma retraite.
» Seul, inconnu, j'y vis tranquille, heureux,
» Sans autre soin que de servir les dieux. »

   L'œil voit du fond ressortir une pierre :
C'est du vieillard la table hospitalière.
Le jonc tressé la recouvre à l'instant,
Linge un peu gros, mais clair, propre et luisant ;
Miel frais et doux, châtaignes parfumées,
De leurs piquans par ses mains désarmées,
Voilà les mets ; la liqueur du palmier
Etait le vin de ce repas grossier,
Repas pourtant qu'appétit assaisonne ;
Où la franchise, où la gaîté foisonne.
Le bon Morphée, agitant ses pavots,
Vint les conduire à l'endroit du repos ;
Lits sans apprêts, lits de fraiche feuillée,
Où les trouva l'Aurore réveillée.
Au bon vieillard Elpenor dit adieu :
» Que j'ai regret aux charmes de ce lieu !
» L'ennui cruel ne s'y fait point connaître ;
» La douce paix habite avec son maître.

» Il suffit seul au soin de ton bonheur !
» Que je suis loin d'une telle douceur !
» J'ai tout connu, tout vu, grandeurs, richesses,
» Fêtes, pouvoir, enchantemens, maîtresses,
» Et tout m'excède. Ah ! vieillard, par pitié,
» Dis ton secret de ce monde oublié.
    — « Qu'est-il, ce monde ? une onde fugitive
» Où le bonheur ne croît que sur la rive.
» Ce qu'en son cours l'homme a de mieux pour lui,
» C'est un cœur pur et dépourvu d'ennui ;
» D'un bien si cher pour embellir sa vie,
» Pour la parer d'instans dignes d'envie,
» Rendez, le jour, quelque mortel heureux,
» Et puis, le soir, rendez-en grâce aux dieux.
» Vous détruirez cette humeur sombre et noire,
» L'ennui fuira, seigneur, daignez m'en croire.
    — « Je vous croirai, noble et digne vieillard,
» La vérité parle chez vous sans fard. »
Elpenor dit, et sur son sein le presse ;
Il rend hommage à sa douce sagesse ;
Il le quitta. Des pleurs délicieux
Partaient du cœur et remplissaient ses yeux.
Avec plaisir il reprit la couronne.
Il fit du bien, il fit chérir son trône ;
Un jour l'ennui s'envola du palais,
La gaîté vint et le bonheur après.

L'HOSPITALITÉ RÉCOMPENSÉE.

IDYLLE.

Bosquets où croît le mirte, où s'entrouvre la rose,
Bords heureux et fleuris que l'Aréthuse arrose,
Lieux où l'air est si pur, où le ciel est si doux,
Inspirez-moi des vers doux et purs comme vous;
Que Pan, qui voit en vous ses plus chères délices,
Permette qu'à mes chants vos nymphes soient propices.

C'était dans votre sein, sous votre ombre arrêté,
Que Daphnis, à la fin d'un beau jour de l'été,
Dans les flots transparens d'une onde fugitive,
Baignait de ses agneaux la cohorte craintive.

Tout-à-coup un vieillard se présente à ses yeux;
Sa tête avait blanchi sous des lustres nombreux;
Un front chauve et ridé, décelant son long âge,
Et des ans et du sort semble attester l'outrage :
Ses habits en lambeaux annoncent le malheur;
Dans des regards éteints où se peint la douleur,
Je ne sais quoi de grand paraît et brille encore :
Le déclin d'un beau jour est sa deuxième aurore.

Courbé sur ses genoux, de cette onde qui fuit,
Il étanche la soif dont l'ardeur le poursuit;
Daphnis lui dit alors : « A vos regards, mon père,
» Cette terre paraît une terre étrangère.
» S'il en était ainsi, voulez-vous dans ces lieux

» Partager avec moi ce que j'obtins des cieux ?
» Vous êtes loin, bien loin de la ville prochaine ;
» Nul sentier n'y conduit votre marche incertaine ;
» Demain, au point du jour, si vous le désirez ,
» J'y guiderai vos pas , maintenant égarés.
» — O toi, dont la maison, retraite hospitalière ,
» Doit de son doux abri protéger ma misère ,
» Mon fils, qu'avec plaisir j'accepte tes bienfaits !
» Jupiter bénira les dons que tu me fais ».

Ainsi dit le vieillard , et le berger s'écrie :
« Accourez en ces lieux , Lycortas, Egérie,
» Gardez bien ces troupeaux, confiés à vos soins ;
» Que votre œil attentif veille à tous leurs besoins. »

Sous deux hêtres touffus qui décoraient sa porte ,
Le vieillard après lui d'un pas lent se transporte ;
Des rayons d'un miel pur , du lait et des gâteaux,
Du plus riche verger les présens les plus beaux,
Composent un repas que la faim assaisonne,
Tel qu'aux dieux de nos champs en offrirait Pomone.

« Celui que dans ce jour vos dons ont prévenu,
» De vous, jeune berger , veut être enfin connu,
» Dit alors le vieillard à Daphnis qui l'écoute ,
» Et pour tant de bienfaits je ne puis moins sans doute.
» Je suis Hespérien ; à l'auguste Apollon
» Délos a de tout tems vu consacré Milon.
» Pendant trente printems d'une heureuse carrière,
» J'offris au dieu du jour l'encens et la prière.
» Quel mortel ici bas peut échapper au sort ?

» Dans ces lieux fortunés l'esclavage et la mort
» Qu'apportait d'un brigand l'implacable furie,
» Me chassa pour jamais de ma chère patrie.
» Depuis ce jour cruel, j'errais de mers en mers,
» Promené par les flots en cent pays divers;
» Les cieux se sont troublés, balancés sur ma tête,
» Mille nuages noirs recélaient la tempête :
» Le vent siffle, elle éclate; et mon vaisseau brisé
» Se fend sur un écueil où les flots l'ont poussé.
» J'étais bien près alors des rives de Sicile;
» A l'aide d'un esquif je gagnai cet asyle;
» Je ne l'ai point quitté. Pour soutenir mes jours,
» Des cœurs compatissans j'implorais le secours,
» Quand la bonté des dieux, mon unique espérance,
» M'a fait trouver, mon fils, ta noble bienfaisance.
» — Si cet humble séjour a de quoi vous tenter,
» Pourquoi, lui dit Daphnis, songer à le quitter?
» Les Dieux dont si long-tems vous fûtes l'interprète,
» Vous offrent parmi nous une douce retraite ;
» O prêtre d'Apollon, sage et digne vieillard !
» Nous honorons Phébus par des hymnes sans art,
» Tels qu'au cœur des bergers la nature en inspire;
» Un simple chalumeau nous a servi de lyre :
» Demeurez en nos champs et guidez nos concerts ;
» Consacrez nos autels, présidez à nos airs.
» Mon vieux père n'est plus ; et depuis, la nature
» A deux fois dans nos prés rappellé la verdure;
» L'asphodèle (1), deux fois, symbole des douleurs,

____

(1) Espèce de narcisse jaune qu'on semait sur les tombeaux, à cause de sa corolle inclinée vers la terre.

» S'éleva sur sa tombe et l'arrosa de pleurs;
» Près de l'heureux Daphnis daignez prendre sa place.

Le berger dit, se tait, et le vieillard l'embrasse;
Il accepta ce nom; et le dieu de Délos
Sourit au bon Daphnis et doubla ses troupeaux;
Mille brebis de plus garnirent son étable;
Un lait pur en tout tems abondait sur sa table;
Phébus guidait ses chants plus remplis de douceur;
Tous les bergers surpris le nommaient leur vainqueur.
A Daphnis amoureux la plus belle bergère
Donna son cœur un jour. Milon, son nouveau père,
Bénit cette union, et vit de leurs amours
Les fruits chéris du ciel caresser ses vieux jours.

L'AMOUR DU PAYS.

A LÉONOR L'ECLUSE.

ODE.

Ami, quelle est donc la puissance
Que l'asile de notre enfance
Sait exercer sur notre esprit?
Par quelle magique influence,
Veut-on mourir où l'on naquit?
Toujours aux lieux qui l'ont vu naître,
L'homme conserve un vieil amour:
C'est un palais qu'un toit champêtre,
Si ce toit lui donna le jour.

Tems de bonheur et d'innocence!
Doux charme de l'adolescence!

D'un rien occupant nos loisirs ;
C'est aux lieux de notre naissance,
Que nous avons dû nos plaisirs.
Quel cœur serait assez farouche
Pour repousser ces temps heureux ?
Et quel est celui que ne touchent
Les témoins de ses premiers jeux ?

C'est sur le paternel rivage,
Que des amis du premier âge
Tout entretient nos souvenirs ;
C'est là, dans le prochain bocage,
Que sont nés nos premiers désirs.
L'amour avait son innocence,
Et la volupté sa candeur ;
Et loin des remords, l'espérance
Sans peine donnait le bonheur.

C'est là le bien doux et tranquille
Qu'on cherche encor dans cet asyle
Qui le posséda si long-tems ,
Témoin de ce bonheur facile
Qui planait sur nos jours naissans.
Quittant la cour pour son village,
Et revenant à son berceau ,
Des fleurs qu'il cueillit au jeune âge,
Heureux qui pare son tombeau !

Que les terres y soient ingrates ,
Fut-ce au sein même des Sarmates
Que nous ayons reçu le jour ,

Ce sont là nos premiers pénates,
Ils auront le dernier amour.
Loin des autans, de leur furie,
Porté dans de plus doux climats,
Le Lapon cherche sa patrie,
Et meurt, s'il ne la revoit pas.